DAS LEBEN EIN TRAUM

DAS LEBEN EIN TRAUM

Photographie Ernst Wrba

Bucher

Anthologie: Lisa Röcke
Graphische Gestaltung: Dieter Löbbert
Schutzumschlag: Peter Schmid
Herstellung: Angelika Kerscher

Printed in Germany
ISBN 3 7658 0494 0

Neue Wunder

Im Traumorient
vieltausend Nächte
verbringen

Mit Menschen und Dingen
Freundschaft schließen

Neue Verse
und Wunder
erfinden

Rose Ausländer

MICH erleuchtet
Unermeßliches

GIUSEPPE UNGARETTI

Die Nacht fließt ab in andere Gebreiten.
Mit weißen Reihern fliegt der Tag empor.
Die Wolken öffnen ihm ein gelbes Tor.
Auf roten Meeren wechseln die Gezeiten.
Die Segel füllen sich mit blauen Weiten.
Der Mond ertaubt, ein abgestorbnes Ohr.

Die Himmel tauschen und die Bilder fluten
in uns hinein mit ihrem neuen Licht.
Schon schlägt die Sichel an, die Halme bricht.
Aus Traumesschlacken, halb veraschten Gluten,
die in den Schlünden des Bewußtseins ruhten,
erwacht die Welt noch einmal zum Gedicht.

WOLFGANG BÄCHLER

Ich bin wie im Traum
und kann den Windgeschenken
kaum glauben.
Wolken von Zärtlichkeit
fangen mich ein,
und das Glück beißt
seinen kleinen Zahn
in mein Herz.

Hilde Domin

Einfach
in die Dinge hineingehen
sie sehen mit dem zweiten
dem durchdringenden Blick
Nicht lockerlassen
sich ausbreiten in den Zweigen
sprießen, hervorspringen aus den Wurzeln
Einfach
nur sehendes Auge sein
das sich erinnert
Vom eigenen kleinen Leben
kaum noch eine Spur
Jetzt sieht man alles überdeutlich
schmerzlich grelles Licht
und zugleich Ruhe vor sich selbst
die Ruhe für jeden
der von sich weiß
im feinen nachgiebigen Vergessen.

Otto A. Böhmer

Blau kommt auf
wie Mörikes leiser Harfenton.
Immer wieder
wird das so sein.
Die Leute streichen
ihre Häuser an.
Auf die verschiedenen Wände
scheint Sonne.
Jeder erwartet das.
Frühling, ja, du bist's!
Man kann das nachlesen.
Die grüne Hecke ist ein Zitat
aus einem unbekannten Dichter.

Die Leute streichen auch
ihre Familien an, die Autos,
die Boote,
Ihr neues Wesen
gefällt allgemein.

Karl Krolow

ΕΚΤΙΣΘΗ ΔΑΠΑΝΗ
ΓΕΩΡΓΙȢ ΚΥΡΙΑΚȢ
1951

Rings um den Wipfel
des hohen Baumes herum
fliegen meine Träume.

Tauben sind's, von reinen
Lichtern gekrönt,
die im Flug Musik vergießen.

Wie sie ein- und ausfliegen
vom einsamen Baum!
Wie sie mich in Gold verstricken!

JUAN RAMÓN JIMÉNEZ

Weite Wiesen im Dämmergrau;
Die Sonne verglomm, die Sterne ziehn:
Nun geh ich zu der schönsten Frau,
Weit über Wiesen im Dämmergrau,
Tief in den Busch von Jasmin.

Durch Dämmergrau in der Liebe Land;
Ich gehe nicht schnell, ich eile nicht;
Mich zieht ein weiches, samtenes Band
Durch Dämmergrau in der Liebe Land,
in ein blaues, mildes Licht.

Otto Julius Bierbaum

Lied

In die Nacht in den Sand in den Wind
drückt dein Fuß keine Spur.
Du kommst mit Beeren und buntem Laub in den Haaren
ein Lied hinsingen, einen Traum bewahren.
Lied ist nur Sand, Traum ist nur
Sand der verrinnt
in der Hand
in den Wind in den Sand in den Sand.

JEANNIE EBNER

Flut

Wenn der Schlaf mich nimmt, kommt das große,
schwarze Wasser zurück.

Das Meer
netzt mir die Füße.
Ums Fremdkorn wächst die Perle des Traums.

Das Meer
steigt mir zum Herzen.
Es wurzelt mich aus und ich flute.

Das Meer
bestreicht meine Schläfe.
Ich vergesse und weiß.

Auch das Wort weiß ich wieder,
aus der Flut den Geliebten zu rufen.

Erika Burkart

Du kommst wieder –

Das Meer trägt dir
auf seinen Wellen
Sträuße von Glanz entgegen.

Das Land, weithin,
erwartet dich
mit eben gereiften Kirschen.

Der Tag entschließt sich,
seine Helligkeit
durch nichts beeinträchtigen zu lassen.

Die Nacht wird dich empfangen
mit ihrem Gefieder
und ihrer Gewalt.

Walter Helmut Fritz

Wie hoch die Welt sich bäumet,
wie laut auf breiter Spur
das Leben schäumet,
uns alle träumet
der Weltgeist nur.

FRIEDRICH THEODOR VISCHER

Das Meer

Wer sagte denn, daß das Meer seufze,
Liebeslippe bis zum Strand hin, traurig?
Laßt ab, damit es – vom Licht umhüllt – herrsche.
Ruhm, Ruhm in der Höhe, und im Meer das Gold!
O erhabenes Licht, das umhüllt, singe
das unverwelkliche Alter des freudvollen Meers!
Dort, rückstrahlend,
zeitlos, ist das Meer.
Ein Herz Gottes ohne Tod, pocht!

Vicente Aleixandre

Im Traum

Im Traum waren wir Bäume, die träumten
Daß sie Menschen seien. Mit vielen Armen
Übten wir Zärtlichkeit. Sommerwind
Wehte durch uns hindurch. Mondlicht
Machte uns gelassen. Doch was war
Mit der neuen Zeit? Was mit dem Lärm
Und was mit den Wörtern, von denen wir glaubten
Mit ihnen allein verständigten wir uns
Babylon! wir erinnern uns Gebrüll! wir schämen uns
Die Flüsse stürzten gegen Morgen über uns her
Wir tranken uns satt und waren verändert.

ROLF HAUFS

Schläft ein Lied in allen Dingen,
die da träumen fort und fort,
und die Welt hebt an zu singen,
triffst du nur das Zauberwort.

Joseph von Eichendorff

Treppe

Wer unten steht,
überspringt mit den Augen die Stufen.
Der Steigende zählt mit dem Herzen.
Oben zählt nur die Einsicht,
es sei, was du suchtest,
auf jeder Stufe zu finden,
neigst du den Kopf.

Erika Burkart

Schon kommt der Tag; verdopple
die Atemzüge, verdreifache
deine grollende Güte
und stoß die Furcht in die Rippen, Zusammenhang und Emphase,
dieweil du (man sieht es an deinem Zwickel, und weil das Böse,
ach ja, unsterblich ist!)
in dieser Nacht geträumt hast, du hättest gelebt
von nichts und wärst gestorben an allem...

César Vallejo

Die Magie des Traumes versagt am Tage oft,
weil auch noch der beste Träumer die Außenwelt im Wachen
wichtiger nimmt als er sollte. Die Verrückten
können das besser; sie erklären sich für Kaiser
und die Zelle für ihr Schloß, und alles stimmt wunderbar.
Die Außenwelt umzaubern können,
ohne doch verrückt zu werden, das ist unser Ziel.
Es ist nicht leicht, dafür aber ist wenig Konkurrenz da.

Hermann Hesse

PSST!

Träume deine Träume in Ruh.

Wenn du niemandem mehr traust,
schließe die Türen zu,
auch deine Fenster,
damit du nichts mehr schaust.

Sei still in deiner Stille,
wie wenn dich niemand sieht.
Auch was dann geschieht,
ist nicht dein Wille.

Und im dunkelsten Schatten
lies das Buch ohne Wort.
Was wir haben, was wir hatten,
was wir –
eines Morgens ist alles fort.

Joachim Ringelnatz

Ein Wort

Ein Wort, ein Satz –: aus Chiffren steigen
erkanntes Leben, jäher Sinn,
die Sonne steht, die Sphären schweigen
und alles ballt sich zu ihm hin.

Ein Wort –, ein Glanz, ein Flug, ein Feuer,
ein Flammenwurf, ein Sternenstrich –,
und wieder Dunkel, ungeheuer,
im leeren Raum um Welt und Ich.

Gottfried Benn

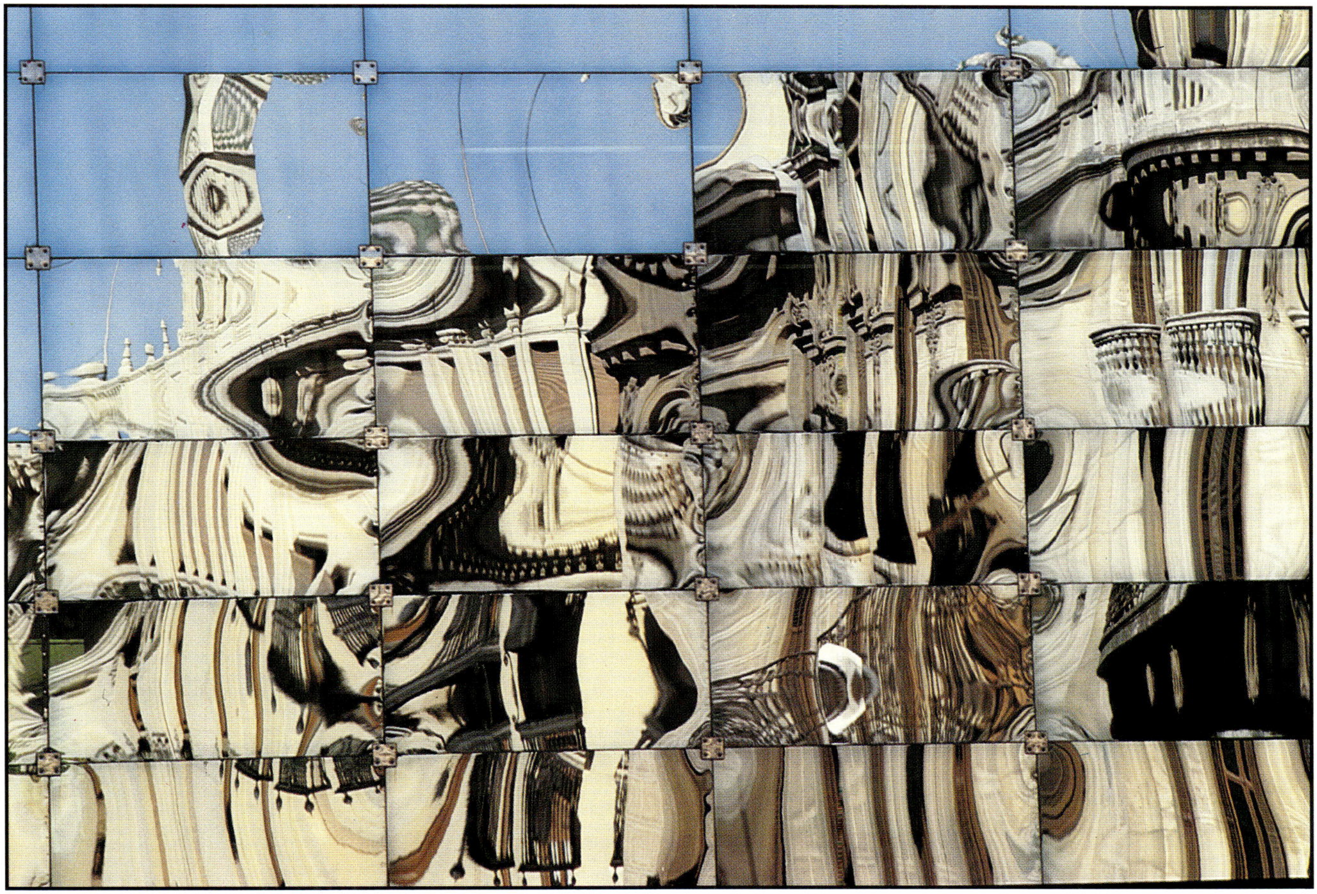

An eine Taube trat
die Sonne ihr Licht ab ...

Sie gurrt, wenn du schläfst,
sich dir in den Traum ...

Es wird kommen das Licht,
wird leben, geheim ...

Und wissen, es ist,
wenn du aufseufzt, eines
Weltenmeeres Herrin ...

Ein Glanz, kommts daher,
dies Meer, das sich auftut
dem, der da träumt ...

Giuseppe Ungaretti

Gesang Weylas

Du bist Orplid, mein Land!
Das ferne leuchtet;
Vom Meere dampfet dein besonnter Strand
Den Nebel, so der Götter Wange feuchtet.

Uralte Wasser steigen
Verjüngt um deine Hüften, Kind!
Vor deiner Gottheit beugen
Sich Könige, die deine Wärter sind.

Eduard Mörike

Ein Traum, ein Traum ist unser Leben
auf Erden hier.
Wie Schatten auf den Wogen schweben
und schwinden wir,
und messen unsre trägen Tritte
nach Raum und Zeit;
und sind (und wissen's nicht) in Mitte
der Ewigkeit.

JOHANN GOTTFRIED HERDER

Wunder

Ein Haarbreit
Wunder

Auch ein Stock
und ein Stein
deine Träume
dein Traum

alles was ist
und geschieht
dich betrügt und
erlöst

nimm
diese Wirklichkeit
Wunder

ROSE AUSLÄNDER

Über alle Wipfel der dunklen Tannen hin
ergießt sich dir nach jeder Richtung eine unermeßliche Aussicht,
strömend in deine Augen und sie fast mit Glanz
erdrückend. – Dein staunender und verwirrter Blick ergeht sich
über viele, viele grüne Bergesgipfel,
in webendem Sonnendufte schwebend, und gerät dann
hinter ihnen in einen blauen Schleierstreifen.

Adalbert Stifter

Feldeinsamkeit

Ich ruhe still im hohen, grünen Gras
Und sende lange meinen Blick nach oben,
Von Grillen rings umschwirrt ohn Unterlaß,
Von Himmelsbläue wundersam umwoben.

Und schöne, weiße Wolken ziehn dahin
Durchs tiefe Blau wie schöne stille Träume; –
Mir ist, als ob ich längst gestorben bin,
Und ziehe selig mit durch ewge Räume.

Hermann Allmers

Es wird grün

Undankbares Handwerk,
zu beschreiben, wie es
grün wird.

Bäume wechseln die Farbe.
Weber verbrennen
grünes Tuch unterm Himmel
im ländlichen Dunkel
einer Dorfgeschichte.

Leichte Schritte. Einer
trägt Blumen und Vögel aus.

Seine Spuren auf einer
Kinderzeichnung.

Ein Gelände aus dünnen Strichen
gerät in Bewegung –
erwachende Graphik.

Das Grün siegt
in den Träumen
der Spaziergänger.

Karl Krolow

Ziehende Landschaft

Man muß weggehen können
und doch sein wie ein Baum:
als bliebe die Wurzel im Boden,
als zöge die Landschaft und wir ständen fest.
Man muß den Atem anhalten,
bis der Wind nachläßt
und die fremde Luft um uns zu kreisen beginnt,
bis das Spiel von Licht und Schatten,
von Grün und Blau,
die alten Muster zeigt
und wir zuhause sind,
wo es auch sei,
und niedersitzen können und uns anlehnen,
als sei es an das Grab
unserer Mutter.

Hilde Domin

Einer von jenen Träumen

Mein Traum war roter Mohn und blaue Rade,
Ein gelbes Weizenfeld, vom Wind gewiegt,
Der Möwen weißer Schrei vom Meergestade,
Ein Sonntagsdorf, das grün im Frieden liegt.

War kühler Trunk in brauner Bauernschenke,
Der Enten jung Geschnatter um den Teich,
Geruch von Heu und Pferden an der Tränke,
Ein Kinderlied, fremd und vertraut zugleich.

Mascha Kaléko

Raps

Das sind die Dinge, die bleiben:
Gelb blüht der Raps im Mai.
Auf Riesenformaten treiben
Vincents Farben vorbei.
Wie wir in den Mai hinfahren,
Scheint es uns gewiß:
Alles wächst mit den Jahren.
(Und auch uns hat die Zeit nicht im Biß.)

Eva Strittmatter

Biblische Landschaft ist überall,
wo die Ölbäume stehen:
Steingehege, steinerne Pfade
bergauf und bergab,
starre und weite Stille rings;
und überall könnte die Himmelsleiter
aus Jakobs Traum aufsteigen.

Ossip Kalenter

Traumvilla

Es schenkte uns
ein guter Mond
das weiße Haus
am roten Weg
Wir wohnten dort
in vielen Träumen

und warten
auf den Tag
an welchem wir
den roten Weg betreten
und wissen nicht
wohin er führt.

Barbara Brendler

Für allezeit

Ohne ein Gran von Ungeduld geh ich ans Träumen,
mache ich mich an die Arbeit,
die nicht mehr enden kann,
und nach und nach, an der Spitze,
tun sich den wiedergeborenen Armen
hilfreiche Hände auf,
in deren Höhlung
tauchen die Augen auf, wieder, spenden Licht, aufs neue,
du wirst auferstanden sein, unversehens,
eine Unversehrte, und es geleitet mich
erneut deine Stimme,
für allezeit seh ich dich wieder.

Giuseppe Ungaretti

LEGENDEN SCHREIBEN IN TON,
die erdige Feuchte öffnen als Mund,
die Worte ins Feuer schicken,
daß sie begreiflich werden: Vertiefungen, lesbar im Dunkel,
tastbar den Blinden und Thomas, dem Zweifler,
der noch die Wunde spürt,
die Zerbrechlichkeit im Versteinten
wahrnimmt und glaubt.

CHRISTINE BUSTA

Unter dem Anhauch der Winde
die Insel wie hingetuscht.
Tag, da im Grünen, im Blauen
der Möwenflug verhuscht,
Stunde des Mittags, noch golden,
wenn du die Augen schließt:
Tagtraum – lächelnde Welle,
die dir im Sande zerfließt.

Blieb dir vom jährlichen Sommer
nichts als ein farbiger Schein?
Bilder: gesehn und vergessen
wie am Strand der geschliffene Stein.
Seegras und Tang in den Wassern
spülen ans Land und verdorrn.
Doch auf den kargen Feldern
der Insel reift wieder das Korn.

Günther Deicke

Hätt ich die reichgestickten Himmelstücher
Gewirkt aus goldenem und silbernem Licht,
Die blauen und die matten und die dunklen Tücher
Von Nacht und Licht und halbem Licht,
Ich breitete die Tücher dir zu Füßen:
Doch weil ich arm bin, hab ich nur die Träume;
Die Träume breit ich aus vor deinen Füßen:
Tritt leicht darauf, du trittst auf meine Träume.

William Butler Yeats

Ausgesetzt
In einer Barke von Nacht
Trieb ich
Und trieb an ein Ufer.
An Wolken lehnte ich gegen den Regen.
An Sandhügel gegen den wütenden Wind.
Auf nichts war Verlaß.
Nur auf Wunder.
Ich aß die grünenden Früchte der Sehnsucht,
Trank von dem Wasser das dürsten macht.
Ein Fremdling, stumm vor unentschlossenen Zonen,
Fror ich mich durch die finsteren Jahre.
Zur Heimat erkor ich mir die Liebe.

Mascha Kaléko

Quellennachweis

Der Verlag dankt den Copyright-Besitzern für die freundliche Erlaubnis zum Nachdruck:

5 Rose Ausländer. In: Ich höre das Herz des Oleanders. Gedichte 1977–1979. S. Fischer Verlag, Frankfurt am Main 1984.

6 Giuseppe Ungaretti. In: Italienische Lyrik aus acht Jahrhunderten. Zweisprachen-Ausgabe. Herausgegeben von Horst Rüdiger. Sammlung Dieterich. Carl Schünemann Verlag, Bremen o. J.

8 Wolfgang Bächler. In: Moderne deutsche Naturlyrik. Herausgegeben von E. Marsch. Bechtle Verlag, Esslingen 1955.

10 Hilde Domin. In: Nur eine Rose als Stütze. S. Fischer Verlag, Frankfurt am Main 1977.

12 Otto A. Böhmer. In: Die Erde will ein freies Geleit. Deutsche Naturlyrik aus sechs Jahrhunderten. Herausgegeben von Alexander von Bormann. Insel Verlag, Frankfurt/M. 1984.

14 Karl Krolow. In: Gesammelte Gedichte, Band 2. Suhrkamp Verlag, Frankfurt am Main 1975.

16 Juan Ramón Jiménez. In: Herz, stirb oder singe. Gedichte. Übersetzt aus dem Spanischen von Hans Leopold Davi. Diogenes Verlag, Zürich 1958.

18 Otto Julius Bierbaum. In: Deutsche Liebeslyrik. Reclam Verlag, Stuttgart 1982.

20 Jeannie Ebner. In: Irdene Schale. Frauenlyrik seit der Antike. Ausgewählt und herausgegeben von Mechthild Barthel-Kranzbühler. Lambert-Schneider Verlag, Heidelberg o. J.

22 Walter Helmut Fritz. In: Gesammelte Gedichte. Verlag Hoffmann und Campe, Hamburg 1979.

24 Erika Burkart. In: Augenzeuge. Ausgewählte Gedichte. Artemis Verlag, Zürich 1978.

26 Friedrich Theodor Vischer. In: Der ewige Brunnen. Ein Hausbuch deutscher Dichtung. Herausgegeben von Ludwig Reiners. Verlag C. H. Beck, München 1955.

28 Vicente Aleixandre. In: Museum der modernen Poesie. Eingerichtet von Hans Magnus Enzensberger. Suhrkamp Verlag, Frankfurt am Main 1960.

30 Rolf Haufs. In: Juniabschied, Gedichte. Rowohlt Taschenbuch Verlag, Reinbek bei Hamburg 1984.

32 Joseph von Eichendorff. In: Der ewige Brunnen. Ein Hausbuch deutscher Dichtung. Herausgegeben von Ludwig Reiners. Verlag C. H. Beck, München 1955.

34 Erika Burkart. In: Augenzeuge (s. Seite 24).

36 César Vallejo. In: Gedichte. Übertragung von Hans Magnus Enzensberger. Suhrkamp Verlag, Frankfurt am Main 1963.

38 Hermann Hesse. In: Lektüre für Minuten. Gedanken aus seinen Büchern und Briefen. Suhrkamp Verlag, Frankfurt am Main 1971.

40 Joachim Ringelnatz. In: Der ewige Brunnen. Ein Hausbuch deutscher Dichtung. Herausgegeben von Ludwig Reiners. Verlag C. H. Beck, München 1955.
42 Gottfried Benn. In: Statische Gedichte. Veränderte Neuausgabe. Herausgegeben von Paul Raabe. Verlags AG Die Arche, Zürich 1983.
44 Giuseppe Ungaretti. In: Gesammelte Werke, Band 5. Deutsch von Paul Celan. Suhrkamp Verlag, Frankfurt am Main 1968.
46 Eduard Mörike. In: Sämtliche Werke, Band 1. Winkler Verlag, München 1967.
48 Johann Gottfried Herder. In: Werke in drei Bänden. Carl Hanser Verlag, München 1983.
50 Rose Ausländer. In: Mein Atem heißt jetzt. Gedichte. S. Fischer Verlag, Frankfurt am Main 1981.
52 Adalbert Stifter. In: Der Hochwald, aus: Studien, Band 1. Insel Verlag, Leipzig o. J.
54 Hermann Allmers. In: Die Erde will ein freies Geleit. Deutsche Naturlyrik aus sechs Jahrhunderten. Herausgegeben von Alexander von Bormann. Insel Verlag, Frankfurt am Main 1984.
56 Karl Krolow. In: Gesammelte Gedichte 2. Suhrkamp Verlag, Frankfurt am Main 1975.
58 Hilde Domin. In: Die Erde will ein freies Geleit. Deutsche Naturlyrik aus sechs Jahrhunderten. Herausgegeben von Alexander von Bormann. Insel Verlag, Frankfurt am Main 1984.
60 Mascha Kaléko. In: In meinen Träumen läutet es Sturm. Deutscher Taschenbuch Verlag, München 1977.
62 Eva Strittmatter. In: Ich mach ein Lied aus Stille. Gedichte. Aufbau Verlag, Berlin (DDR) und Weimar 1980.
64 Ossip Kalenter. In: Olivenland. Italienische Miniaturen. Werner Classen Verlag, Zürich und Stuttgart 1960.
66 Barbara Brendler. In: Irdene Schale. Frauenlyrik seit der Antike. Ausgewählt und herausgegeben von Mechthild Barthel-Kranzbühler. Lambert-Schneider Verlag, Heidelberg o. J.
68 Giuseppe Ungaretti. In: Italienische Lyrik aus acht Jahrhunderten (siehe Seite 6).
70 Christine Busta. In: Wenn du das Wappen der Liebe malst. Otto Müller Verlag, Salzburg 1981.
72 Günther Deicke. In: Veränderte Landschaft. Gedichte. Herausgegeben von Wulf Kirsten. Insel Verlag, Leipzig 1979.
74 William Butler Yeats. In: Werke, Band 1. Luchterhand Verlag, Neuwied bei Darmstadt 1970.
76 Mascha Kaléko. In: In meinen Träumen läutet es Sturm (siehe Seite 60).

Umschlagrückseite: Karin Kiwus. In: Von beiden Seiten der Gegenwart. Suhrkamp Verlag, Frankfurt am Main 1976.

Zu den Motiven

7 Über den Wolken, 9 Gleißende Sonne, 11 Tiefer Horizont (Andalusien), 13 Pool, 15 Blaue Tür (Griechenland), 17 Alter Baum, 19 Toskanischer Abend, 21 Am Barrier Reef (Australien), 23 Rote Sonne (Zypern), 25 Strandimpression (Italien), 27 Glitzerndes Meer, 29 Gold auf dem Wasser, 31 Schatten, 33 Eukalyptus (Australien), 35 Tor zur Nacht, 37 Im Garten der Villa d'Este (Tivoli), 39 Tiefes Blau (Aledo), 41 Licht und Schatten (Italien), 43 Granada, 45 Felsen der Aphrodite (Zypern), 47 Magisches Licht, 49 Rauschende Wasser, 51 Palmenblatt, 53 Abendlicht, 55 Feldeinsamkeit, 57 Geometrie (England), 59 Lange Schatten (England), 61 Fruchtbares Land (Wales), 63 Raps (Andalusien), 65 Olivenbäume, 67 Weißes Haus (Andalusien), 69 Pantheon (Rom), 71 Pompeji, 73 Steine im Sand, 75 Steigende Sonne, 77 Liebesbarke.